AF316358

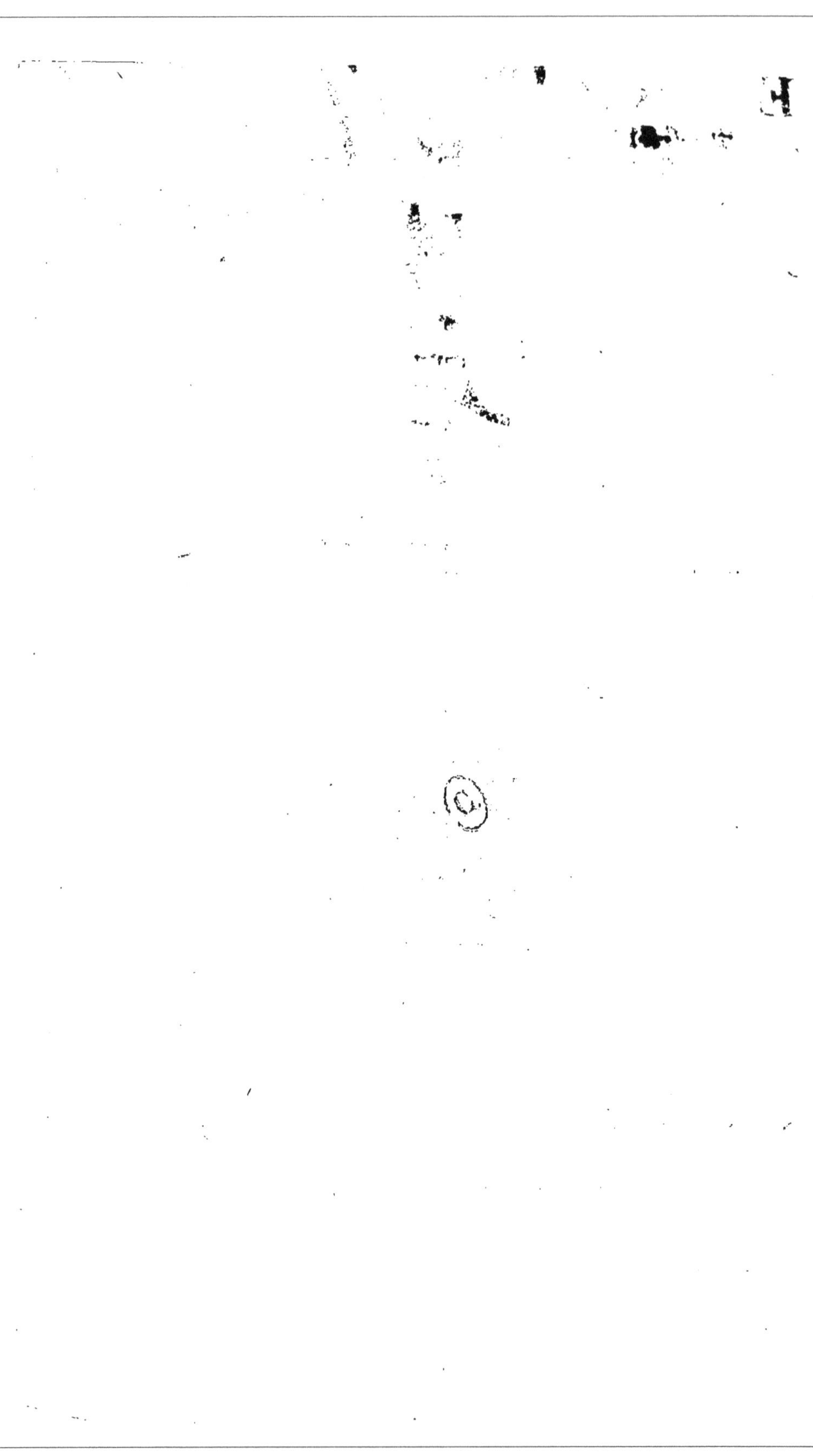

ÉPITRE

D'UN CONSTITUTIONAIRE

AUX ÉVEQUES DE FRANCE.

O Ciel ! tout eſt perdu : nos hardis Magiſtrats
L'emportent, j'en frémis, ſur nos humbles
    Prélats.
La bulle, cette loi ſi ſainte, ſi divine
Déja perd ſon crédit, & tend à ſa ruine.
Enfants de Loyola, quelle eſt votre langueur ?
Pour la cauſe du Ciel vous êtes ſans vigueur.
Vous, qu'on voyoit jadis pleins d'un zele héroïque
Epuiſer tout, tréſors, intrigues, politique
Pour fournir au décret le plus ſolide apui,
A préſent peu jaloux de faire un pas pour lui,
Spectateurs des affronts faits à la ſainte bulle,
Dans le ſein du repos vous dormez ſans ſcrupule.
Cet ouvrage ſi beau, conſtruit à ſi grands frais,
Vous le ſacrifiez à l'amour de la paix :
Et vous, de notre foi ſacrés dépoſitaires,
Vous, chargés par le Ciel du ſoin de nos miſteres,
On attaque aujourdhui le plus profond de tous,
La bulle. Pour agir, Prélats, qu'attendez-vous ?
Rapellez-vous ce tems, que bornant votre zele

Ye

23819

ÉPITRE

D'UN

CONSTITUTIONAIRE

AUX

ÉVÊQUES DE FRANCE.

M. D. C. C. L. V.

Au triomphe important de cette loi nouvelle ;
D'un vif enthousiasme animés à la fois,
Vous faisiez pour sa gloire entendre mille voix.
De Mandemens nombreux vous inondiez la France ;
Vous prêchiez à l'envi l'aveugle obéissance.
La foi sans cette bulle étoit en grand péril.
Interdits rigoureux, noir cachot, long exil,
Tout vous paroissoit doux, pour punir le rebelle,
On connoit à ces traits un véritable zele.
Aussi dans ces beaux jours quels furent vos succès !
Du Décret triomphant quels rapides progrès !
Tout plia, & la victoire alloit être complette,
Quand parmi les vaincus honteux de leur défaite,
Votre œil perçant découvre un vil tas d'imposteurs
Qui ne font que semblant d'aplaudir aux vainqueurs.
En secret attachés au parti qu'ils trahissent,
Ils signent en secret la bulle qu'ils maudissent.
La crainte qui les fait souscrire lâchement,
Seule conduit leur main, & le cœur la dément.
L'amour propre est leur Dieu, l'interêt leur mobile.
Dévots dont l'air benin fourit à l'Evangile,
Mais qui par d'heureux tours, chrétiens sous le turban,
Comme loi du plus fort, signeroient l'alcoran.
Cœurs doubles, esprits faux, odieux hipocrites
Qui la bulle à la main, ennemis des Jésuites,
Se couvrent du décret pour mieux en imposer
Et ne rampent sous lui que pour le renverser.
Quelle foule en effet d'acceptans Jansenistes ?
Soumis en apparence, au-dedans Quenelistes,
Qui disent anathême à leur chef si cheri,

Et lifent à genoux fon livre favori.
Vils Oratoriens, ambigus perfonnages ;
Bénédictins trompeurs, qui mafquent leurs vifages ,
Qui devant le Prélat, difent, nous acceptons,
Et dans le fond du cœur, difent, nous apellons.
Sans peine pénétrant cet odieux miftere ,
C'eft fur eux que B... jette un œil de colere.
Oui, ce font là , dit-il, nos plus grands ennemis,
D'autant plus dangereux, qu'ils paroiffent foumis,
Apellans déguifés, par de fourdes intrigues
Contre nous en fecret ils fomentent des brigues.
Et fçavent oppofer, en s'armant contre tous ,
Leur manœuvre à la bulle , & la bulle à nos coups.
Oui, c'eft fous ton abri, lâche Tolerantifme
Que fe foutient encor l'odieux Janfenifme :
Ta chute entraînera la fienne, & déformais
C'en eft fait, c'eft fur toi que vont tomber mes traits
Il dit, pour demêler dans la foule acceptante
Les protecteurs cachés de la fecte expirante,
Que fait ce grand Prélat? (O France dans B...
Admire les refforts d'un efprit fi fécond.)
Du fond de fon Palais, (quel heureux ftratagême !)
B... manifeftant fa volonté fuprême
Ordonne (du Prélat tel eft le bon plaifir)
Que chaque Tolérant, fidele à fe trahir,
Lui dife en un billet, objet de fes recherches ;
C'eft moi, fage Prélat, oui, c'eft moi que tu cherches.
L'ordre part, c'en eft fait, fi le coup réuffit,
L'appel eft confondu, l'erreur s'évanouit.
Déja des Tolerans la cabale tremblante,

S'allarme, & chez les fiens va femer l'épouvante,
Le refus du billet, grand crime au feul afpect,
Attire un anathême au moribond fufpect.
L'accorder! tout s'écroule, & la caufe fucconibe.
Des Quefnels clandeftins, alors le mafque tombe ;
Et B... découvrant tous ceux qu'il doit frapper,
Va, le tonnerre en main, fondre & tout diffiper :
Quand du fonds du barreau, fuivi de la chicanne,
S'avance avec lenteur un cortege profane
Grave dans fon maintien, la regle & le compas
Semblent toifer fes mots & mefurer fes pas.
Un air de majefté brille fur les vifages.
Qu'auroit dit Cineas, à l'afpect de ces fages ;
Dont le corps infpirant le réfpect, la terreur,
Sous l'éclat de la pourpre offre tant de grandeur?
Mais au-dedans qu'eft-il? Lui doit-on des louanges ?
Hé, que fait-on ? L'erreur a féduit jnfqu'aux Anges.
Miniftres de Themis, auguftes Magiftrats,
La balance à la main ; où portez-vous vos pas ?
Dans vos yeux étincele une ardeur téméraire.
Arrêtez, ce chemin conduit au fanctuaire.
" On le fçait, dites-vous, nous connoiffons nos droits:
" L'Eglife eft dans l'Etat, & l'Etat a fes loix.
" Pouvons-nous, fans trahir les loix de la patrie,
" De la maifon de Dieu permettre l'incendie ?
" Themis fur l'encenfoir ne porte point fes droits.
" Mais, s'il met tout en feu, doit-elle être fans voix ?
" Sa croffe a fon diftrict. Celui de la balance
" Embraffant tout Etat, eft fans bornes en France.
" Quiconque du public ofe troubler la paix,

“ Au pied de notre Cour eſt cité ſans délais.
“ Dans l'état le plus ſaint , loin d'être irréprochable ;
“ Auroit-on le droit d'être impunément coupable ;
“ Et bravant la rigueur de notre Tribunal,
“ L'orgueil d'une tonſure enhardiroit au mal ?
“ Non, comme pour l'Etat les loix ſont pour l'Egliſe,
“ La mître a notre glaive en tout tems ſut ſoumiſe.
“ Des Prélats à la fois Sujets & Souverains ,
“ Nous leur baiſons les pieds & leur lions les mains.
“ Abuſant aujourdhui des billets qu'ils exigent ,
“ Ivres d'un fol eſpoir , en tirans ils s'érigent.
“ Des miſteres ſacrés ſimples diſpenſateurs ,
“ Pourquoi donc , oſent-ils, hardis uſurpateurs ,
“ D'un bien commun à tous s'emparer par caprice ;
“ N'en jamais diſpoſer qu'au gré de leur malice,
“ Sur les préſens du Ciel impoſer des tributs ,
“ Flétrir des citoyens par d'injuſtes refus ?
“ Perſécuter des Saints , tiranniſer des Prêtres ,
“ Les chefs du ſanctuaire en ſont-ils donc les maîtres ?
“ Quel trouble dans les loix, que d'horreurs dans l'Etat !
“ Si nul frein ne contient l'ambitieux Prélat,
“ C'eſt à nous d'arrêter l'abſurde fanatiſme ,
“ D'un zele qui paroit viſer au deſpotiſme.
“ Toujours ſage, la loi dans le François Chrétien
“ Apprend à diſtinguer le François Citoyen.
“ qu'à la voix du Paſteur l'un ſoit toujours docile ;
“ L'autre à l'abri des loix doit trouver un azile,
“ Et pour jouir d'un bien qui paroit être à lui,
“ Il ne doit pas envain réclamer notre appui.
Telles ſont du barreau les maximes hardies ,

On diroit fur le vrai qu'elles font établies ;
Et l'équité paroît leur prêter fes couleurs.
Gardez-vous d'écouter ces difcours féducteurs.
Prélats, Rome a parlé, de Rome rien n'émane
Que de faint, du Palais rien qui ne foit profane.
Une bulle acceptée eft un oracle fûr.
Tout ce qui la combat n'eft qu'un fophifme impur,
Du rufé novateur, artifice frivole.
Mais que vois-je ! grand maître en l'art de la parole,
M... contre la bulle ardent, on fçait pourquoi,
Vole au trône, & contre elle ofe animer fon Roi.
Là voilant avec art fes projets facrileges.
" Prince, à ta piété, dit-il, on tend des pieges.
" Cette bulle qu'on dit décider fur la foi
" N'en regle aucun article, & n'eft point une loi.
" Que dis-je? Elle perd tout, fource d'un mal extrême ;
" Et pour la condamner, je ne veux qu'elle même,
" Qu'on la life, un coup d'œil eft contre elle un arrêt.
" L'erreur de fon poifon en fouille chaque trait.
" Peu content de flétrir toute vérité fainte,
" A tes droits, à nos loix ce décret donne atteinte ;
" Il triomphe. Déja le mal eft violent,
" Et jufqu'au trône enfin tout devient chancelant.
" De la religion ces Miniftres avides,
" toujours hommes, fouvent font d'infidéles guides.
" Chef d'une Eglife fainte, ils n'en font pas plus faints.
" Souvent l'ambition enfante leurs deffeins.
" Pleins d'ardeur au-dehors contre un faux Janfenifme,
" Ils n'en ont dans le fonds que pour le defpotifme.
' Et quand du tabernacle on a les clefs en main,

On

« On peut en abuser contre son Souverain.
« Un faux zele nous rend saintement fanatiques ;
« Si nous sommes en place, il nous rend tiranniques ;
« Et bientôt un tiran dont le front est mîtré ,
« N'offre à l'œil ébloui qu'un Souverain sacré ,
« Dont l'orgueil maitrisant un peuple trop crédule ,
« Lui feroit respecter la plus honteuse bulle.
« Quel est de nos Prélats, SIRE, le vrai projet ?
« Se rendre indépendant, voila leur grand objet.
« Aux caprices divers d'une vaine arrogance ,
« Pouvant du sanctuaire asservir la balance ,
« Ils auront dans la bulle érigée en devoir ,
« Un moyen d'usurper le souverain pouvoir.
« Le sujet à son Roi, si le Prélat l'ordonne ,
« Devra par conscience arracher la couronne.
« D'un injuste interdit menace-t-on quelqu'un ,
« Tout devoir à ses yeux cesse alors d'en être un ?
« Et t'obéir, grand Roi, devoir si légitime ,
« Si Rome le défend , dès lors devient un crime.
« Jugez donc par ces traits , d'une regle de foi
« Qui conduit le poignard dans le sein de son Roi.
« L'Evangile, il est vrai, tient un autre langage.
« Aussi la bulle a soin d'en défendre l'usage.
« Et sur tout en François , ce livre ne vaut rien ;
« La bulle désormais est le lait du Chrétien. „
C'est ainsi que M... distille avec prudence
Les craintes, les soupçons, la noire défiance.
Louis plein de bonté l'écoute ; il craint l'erreur :
Il veut la paix. Qu'un Roi doit souffrir dans son cœur,
S'il voit à chaque pas des embuches à craindre !

B

Plus il aime le vrai, plus il paroit à plaindre :
Aux loix, à ſes ſujets, à la religion
Louis pere commun, doit ſa protection.
Que va-t-il décider ? L'amour de la juſtice
Le rend aux deux partis également propice.
Sa piété ſuſpend l'activité des loix.
Son zele pour Thémis en ranime la voix.
Il balance... Prélats, voici l'inſtant critique
Qu'il faudroit de Louis fixer la politique.
Quittez donc vos troupeaux, Paſteurs, c'eſt à Paris
Que la religion vous demande à grands cris.
N'ayez point de ſcrupule : allez, pour ſa défenſe,
Le Ciel à vos grandeurs défend la réſidence.
B... de notre foi l'interprète aujourdhui,
Ce Docteur de l'Egliſe, & ſon plus ferme appui ;
Voyez, la feuille en main, il vous attend au Louvre ;
Et pour vous recevoir ſon antichambre s'ouvre.
Dociles à ſa voix, vous accourrez enfin
Apprendre vos devoirs du ſage Théatin.
Pontife des François, toi qu'un rare mérite
A fait du rang obſcur de ſimple Cénobite,
Paſſer au pied d'un trône, où tes mains à ton gré
Balancent les deſtins de l'empire ſacré.
B..., Il en eſt tems, de ton vaſte génie
Hâte toi d'employer la puiſſante induſtrie.
Ame d'un corps immenſe, anime ſes reſſorts.
L'Egliſe a dans tes mains la clef de ſes tréſors.
Répands-les pour la bulle. Aux plus froids dans ta place
On peut en ſa faveur inſpirer de l'audace.
Ne faits rien que pour elle, on fera tout pour toi.

La science n'est rien : donne tout à la foi.
Des Evêques fameux saint Sulpice est l'école.
Que des Prélats naissans la bulle y soit l'idole.
Quels transports dans leurs cœurs, quel feu dans leurs
          esprits,
Du zele le plus vif si la mître est le prix !
Tout seconde mes vœux : une celeste flamme
Se répand dans B... , & transporte son ame.
Jour & nuit occupé du décret important ,
Son zele à l'exalter consacre chaque instant.
Les Prélats affoiblis , d'un mot il les ranime ,
D'un regard il inspire une ardeur magnanime.
Profond dans les détails , il voit mille beautés
Où l'œil le plus perçant ne voit qu'obscurités.
La bulle est à ses yeux un chef-d'œuvre, il l'adore;
Et Quesnel est pour lui la boëtte de Pandore.
Il met tout en usage , adresse , activité ,
Promesses , coups d'éclat , faveur , autorité.
Sous ses yeux, par son ordre, on s'assemble, on travaille,
On compose à Paris , on s'intrigue à Versaille.
Le Jésuite allarmé pour la foi qui s'éteint ,
Contre les Parlemens s'anime , & les dépeint
Frondeurs , Ligueurs , Anglois & Jansenistes même ;
Développe en traits noirs leur funeste sistême.
B... pour seconder de si nobles efforts ,
De ses puissans billets fait agir les ressorts.
Les beaux jours de l'Eglise alloient renaître en France:
Mais quel affreux revers trompe mon espérance !
Trop éloquent M... tu triomphes, ton Roi
Donne enfin un Edit : mais quelle étrange loi !

Au type de Conſtant on voit qu'elle reſſemble:
La vérité pâlit. Le ſanctuaire en tremble.
La bulle, ce tréſor qui depuis quarante ans
Rend l'Egliſe & l'Etat riches & floriſſans ;
Elle qui nous formoit tant de Prélats célebres,
Va donc par cette loi tomber dans les ténebres ?
Louis, las d'un décret dont il craint les abus,
Pour ramener la paix, veut qu'on n'en parle plus.
Sur l'oracle de Rome il impoſe ſilénce.
Si l'on n'en parle plus, que faut-il qu'on en penſe ?
Ah, grand Roi, qu'as tu fait ! A ta religion
Ton amour pour la paix peut faire illuſion.
Tu veux dans tes Etats, que jadis inconnue
La bulle ſoit pour nous comme non avenue.
C'eſt exiger, grand Roi, qu'on la compte pour rien.
C'eſt dire : elle ne peut faire éclore aucun bien.
Que de biens cependant la bulle nous procure !
Une doctrine ſaine, une morale pure,
Ce Clergé ſi ſçavant, ces Docteurs éclairés,
Ce ſaint empreſſement pour les livres ſacrés,
Chez les Berulliens ce coup d'œil qui nous charme,
Chez les Genovéfains la ſecte qui s'allarme.
Tant d'Apôtres nouveaux dans ces ſages Paſteurs,
Des anciens en tout zelés imitateurs :
De tant d'heureux objets le charmant aſſemblage
De la bulle, on le ſçait, eſt l'admirable ouvrage.
Et Louis aujourdhui nous défend d'en parler.
Sur cet ordre, Prélats, devez-vous reculer ?
Faut-il donc en tout tems reſpecter les puiſſances ?
Louis maître des cœurs, l'eſt-il des conſciences ?

Non, B... fur la fienne ardent à fe regler ;
Dès qu'il entend fa voix, fçait bien qu'il doit parler.
Il parle ; des Prélats rien n'arrête l'alcide ;
Et pour mieux découvrir le novateur timide,
Que couvre le manteau du tolérant trompeur.
Sous celui de la bulle il cherche l'impofteur.
Au zele, il joint la rufe, ingénieux Apôtre,
Par le canal de l'un il veut aller à l'autre.
Mais le vil Tolérant, fauffement converti,
Transfuge fans honneur, fans honte travefti,
S'enveloppe avec art, échappe avec adreffe ;
Le mourant à fon tour fidele a fa promeffe,
Le dérobe au Prélat qui faintement frémit,
Et fur le feul foupçon lance un fage interdit.
Mais que vois-je ? A la cour ce zele magnanime,
Au pied du trône eft peint fous les couleurs du crime.
B... que fait agir l'interêt de la foi,
Trop foumis à fon Dieu, l'eft trop peu pour fon Roi.
Qu'entends-je ! A quel parti Louis peut fe réfoudre.
Les cedres du liban font frappés de la foudre.
B... qui par refpect pour nos mifteres faints
En privat conftamment les indignes coffins ;
Et, pour mieux enhardir les Prélats de Provinces,
Les refufat lui-même au premier de nos Princes :
B... qui dans faint Leu fit des exploits fi beaux,
B... fi néceffaire aux foins des Hôpitaux,
De la fage Moifan ce défenfeur fidele,
Pour fes cheres brebis ce Pafteur plein de zele,
Lui, qui craint la louange au point qu'un compliment.
Attire un interdit à l'auteur imprudent :

Ce modefte cenfeur du loyolifte habile ;
Qui fût, nouveau Scarron, traveftir l'Evangile :
L'Ambroife de nos jours, victime de la foi,
B... part pour Conflans, exilé par fon Roi.
Qui le croiroit ? Il part, mais grand dans fa difgrace ;
(Sans peine on le croira) plein d'une noble audace,
Jufques dans les revers il montre un front ferein,
Et fçait même en exil agir en Souverain.
Il y tient table ouverte, il promet, il menace,
Il frappe, il interdit, il dérange, il déplace ;
Reculer, à fes yeux n'eft jamais à propos ;
Le vrai zele pour Dieu forme les vrais Héros.
Vous, dans l'Epifcopat fes collegues fi dignes,
Plus grands par vos vertus que par vos rangs infignes ;
Témoins d'un fi beau fort, le ferez-vous envain ?
Non, L..., jeune encor, mais plein d'un feu divin,
Qui par un beau talent dont jamais il n'abufe
De nos dogmes facrés a la fcience infufe,
Attentif fur B..., l'intrépide L...
Pour agir vivement, n'attend que le fignal.
On le donne, il s'avance ; & contre un tas de filles ;
Organes de l'erreur, dangereufes Sibilles,
Des grands M... l'illuftre rejetton,
Va de l'Hydre cloîtrée affronter le poifon.
L'effort fans le fuccès prouve au moins la vaillance.
De là contre un mourant fierement il s'élance.
Un Docteur aux abois irrite fon courroux.
Chargé d'ans & de maux, l'inflexible Coignoux,
De l'antique Sorbonne eft un malheureux refte.
L... voyant dans lui le progrès de la pefte,

Prudemment fe retire, & le tendre Prélat
A l'obftiné pécheur épargne un attentat.
De ces exploits divers quelle eft la récompenfe ?
On exile L.... Y Penfe-t-on ? La France
Va donc paffer bientôt fous le joug de l'erreur.
Déja dans le Clergé l'on feme la terreur,
Quel feu dans tout Paris ! Contre la bulle même
L'anonime écrivain plus hardiment blafphême.
Le Magiftrat triomphe, & leve un front altier.
La dévote au teint blême, en modefte panier,
Rit fous cape, foupire & court chez fa voifine,
Du décret qu'elle abhorre, annoncer la ruine.
" Enfin le Ciel s'explique, il doit être aboli,
" Dit-elle, & le Roi veut qu'il tombe dans l'oubli.,,
Il le veut ? Mais j'entends un nouveau Chrifoftôme
Qui s'attire bientôt les regards du Royaume,
Pr... ce brave Athlete, & rival de Morus
S'oppofe aux volontés du moderne Titus.
" Oui, dit-il, c'eft à nous que le Ciel illumine,
" De parler. Nous avons les clefs de la doctrine.
" A notre égard la loi ne fçauroit avoir lieu.
" L'obferver, ce feroit défobéir à Dieu.
" Rome a parlé. Voila mon oracle, & je brule
" De répandre mon fang pour la celefte bulle.
" Dans fon fens naturel la bulle eft à nos yeux,
" De l'Evangile faint l'abregé précieux.
" Un Evêque de l'un, s'il doit être l'Apôtre,
" Sans crainte fur les toits doit auffi prêcher l'autre.
" Profànes Magiftrats, oui, je vous brave tous ;
" Les Pafteurs d'Ifraël auroient-ils peur des coups ?

« En mourant pour la bulle on vole à la victoire. »
Empire des François, quelle seroit ta gloire
Si la Religion n'avoit jamais chez toi,
Que des Pr... pour chefs, pour appui que leur foi !
Mais à peine en vois-je un qu'anime sa harangue;
Le cœur s'il est glacé, glace à son tour la langue.
Po., le seul Po. dans ses mœurs si règlé,
Si chér à son troupeau, pour la foi si zèlé,
S'expose à mille traits pour le décret de Rome.
Dans le Prélat chez lui brille aussi le grand homme.
Avec quel noble orgueil il foule au pied l'argent !
Hors la bulle, à ses yeux tout est indifférent.
L'Huissier dans son palais, le Sergent à sa porte,
Des supports de Thémis une avide Cohorte,
Enleve du Prélat les meubles précieux :
Et le Prélat tranquile, au ciel leve les yeux.
Aux ordres de son Roi,sourd, quand le ciel l'ordonne;
Muet pour l'interêt, mais pour la bulle il tonne.
Le prix de la vertu dans ce tems quel est-il ?
Voyez, privé de tout Po. marche en exil.
C'est ainsi des François qu'on traite l'Athanase,
Dont l'exemple devroit nous ravir en extase.
Mais loin de l'imiter, Prélats, vous pâlissés.
La bulle est notre regle, & vous la trahissez.
De notre auguste foi protecteurs infideles,
Sur les tours d'Israël aveugles sentinelles,
Quoi,vous osez vous taire,& pour vos chers troupeaux
Chiens muets, vous perdez quarante ans de travaux !
Si la bulle à vos yeux étoit sans conséquence,
Pourquoi pour un chiffon troubler toute la France ?

Mais si de l'esprit saint ouvrage précieux,
Elle apprend aux humains la doctrine des cieux ;
Prélats en sa faveur en pouvez-vous trop faire ?
On la charge d'affronts, & vous pouvez vous taire !
Parlez ; que dis-je ? Il faut jetter des cris perçans.
Trompettes de Sion de vos tristes accens
Remplissez le Royaume ; allez, vrais Isaïes,
Vengeurs des droits du Ciel sacrifier vos vies :
Gardez-vous d'observer l'ordre d'un Roi surpris ;
Jusques au pied du trône il faut pousser vos cris.
Faites plus ; vous voyez que par tout on méprise
Dans votre saint décret l'ouvrage de l'Eglise :
Témoins des attentats commis contre sa loi,
Dans le danger extrême où vous voyez la foi ;
Convient-il, des mondains moins censeurs que com-
      plices,
De vivre mollement plongés dans les délices ?
Vos festins, vos pompes excitent nos soupirs ;
La bulle est dans l'opprobre, & vous dans les plaisirs.
Quand la vérité souffre ; ha, voit-on Jérémie
Dans les joies & les ris passer toute sa vie ?
Prenez donc le grand deuil ; pleurez amerement :
De vos superbes chars descendez humblement.
Dans le sac, sous la cendre annoncez votre bulle ;
Grand Ambroise, à ta voix Théodose recule.
Louis surpris de voir des Prélats pénitens,
Pourra-t-il à vos pleurs se refuser long-tems ?
Ou, de vos dignités si l'Eclat vous dispense
D'imiter les saints Pauls, de faire pénitence ;
Hé bien, laissez ce soin à ceux qui le pourront :

C

Pleins de zele à Citeaux les Moines la feront.
Mais du moins des Docteurs s'arment-ils de leurs
        plumes.
Pour défendre la bulle, enfantez des volumes.
Imitez un Languet: auprès de ce géant
Petit-pied n'eſt qu'un nain, Colbert n'eſt qu'un enfant.
Ses Ecrits ſi marqués au coin de la logique,
Seront le déſeſpoir de l'impuiſſante clique.
Auſſi que d'acceptans ont-ils fait dans Paris !
Tourneli de ſa main les a même tranſcrits.
Quel exemple ! Languet n'eſt pas le ſeul modele,
Prélats, qui doive ici ranimer votre zele.
Laborieux la Taſte, illuſtre Charanci,
Ombre de Saléon, manes du grand Biſſi,
Reparoiſſez, ſortez de vos abîmes ſombres,
Voyez, vos ſucceſſeurs ne valent pas vos ombres.
Du moins dans vos Ecrits vous nous parlez encor.
Vous revivez pour nous dans ce riche tréſor.
L'un dans les doux accès de ſon pieux Délire,
De Satan ſans pâlir fondant le ſombre empire,
Nous apprend ſagement que l'ange ſéducteur
Peut même au nom du Chriſt, rival du Créateur,
Déranger à ſon gré les loix de la nature.
L'autre dans les ſecrets d'une cabale impure,
Conduit par l'eſprit ſaint, dévoile à l'univers
De complots monſtrueux l'aſſemblage pervers.
Quel ſervice important ! Sans cette découverte,
Et l'Egliſe & l'Etat, tout couroit à ſa perte.
L'autre des Bellelli triomphe en expirant ;
Tous du fonds du tombeau prêchent éloquemment.

Mais dans leurs fucceffeurs ce n'eft plus qu'une écorce;
Leurs bouches font fans voix, & leurs plumes fans force.
Simulacres vivans, que la bulle a formés ;
Squelettes aujourdhui pour elle inanimés ;
Cependant le mal preffe ; Ecoutez l'héréfie,
Qui d'un air triomphant dans mille écrits publie :
Que l'homme fous la grace eft fans activité,
Dans le bien fans mérite, au mal néceffité...
A ces mots ; ha ! Je vois le feu qui vous anime.
On prend la plume enfin, chacun de vous s'efcrime.
Mais où portent vos coûps ? Hé, vos efforts font vains;
Dom Quichottes facrés vous bravez des moulins.
Ce n'eft point là, Pafteurs, que vous conduit la bulle ;
Voici, voici le monftre affreux & ridicule
Que ce décret attaque, & qu'il faut avec lui,
Si l'on veut l'obferver, foudroyer aujourdhui.
" *Sans Dieu l'on ne peut rien.* Ciel, quelle extravagance !
" *Ce Dieu peut ce qu'il veut. Tout cede à fa puiffance.*
" *Quand il veut fauver l'homme en tout tems, en tout lieu ;*
" *L'indubitable effet fuit le vouloir d'un Dieu.* „
Quel blafphême ! "*Un pécheur du crime n'a pas honte ?*
" *C'eft fageffe & bonté de l'éprouver.* " Quel conte !
" *Il faut n'aimer que Dieu.* Quelle horreur ! *Son amour*
" *Seul juftifie, & feul mène à l'heureux fejour.* „
Quelle témerité de damner un Socrate !
L'infidele n'eft-il qu'un frivole Automate,
Qui créé pour le ciel, fans foi n'y peut entrer ?
" *Sans charité le Juif n'y fçauroit pénétrer ;*
Pourquoi donc ? "*Un Chrétien, qu'une crainte de bête*
" *Pouffe, ne peut du Ciel obtenir là conquête.* „

C 2

Menſonge : dans Languet le contraire eſt marqué.
" *A lire l'Ecriture on doit être appliqué* ; „
Rien de plus malſonant : dès lors qu'elle eſt obſcure,
Un Laïc fait mal de lire l'Ecriture.
La lit-on en Eſpagne ? " *On doit ſur le ſerment*
" *Etre très-réſervé. Dieu le veut.* Queſnel ment.
" *Un Chrétien que conduit ſa paſſion brutale*
" *ne doit pas s'approcher de ſon Dieu.* „ Quel ſcandale !
Indignés à ces traits, vous frémiſſez Prélats.
Votre foi ſe réveille enfin, & dans Br.
Je vois qu'un feu nouveau dans ſes regards petille.
Il ſe leve : oui, dit-il, la bulle ou la baſtille.
Ou plutôt, pour punir l'inflèxible oppoſant,
Vivant ſans loi, qu'il meure auſſi ſans Sacrement.
Ch. à ces mots d'un pas ferme s'avance.
Trop heureux Ch., s'il eut dû ſa naiſſance
Au ſein d'une monique inſtruite de la foi :
Mais ſa mere expirante écarte avec effroi,
Le décret, dont par tout le ſceau caractériſe
Quiconque doit entrer dans la terre promiſe.
" Hé bien, dit ſaintement ſon fils : ſur mon devoir
" La nature en ce jour doit-elle prévaloir ?
" Non, miniſtres ſacrés, fermez le ſanctuaire ;
" Ma mere au ſaint décret veut mourir réfractaire. „
Grands ſentimens ! Br. applaudit. Son Clergé
Qui l'anime, à ſon tour eſt par lui protégé.
Digne d'un plus beau ſort le grand Joannis lui-même
Suſpecté dans ſa foi, périt ſous l'anathême.
Du ſilence ordonné l'arrêt infructueux,
N'eſt qu'un obſtacle vain pour les cœurs vertueux.

Ne vous démentez pas, Bullistes intrépides ;
Mais quoi! Dans l'heureux cours de tes progrès rapides,
Tu t'arrêtes, Br. ? Du Senat Provençal
Pourrois-tu redouter le foible tribunal?
S'il ose violer les saints droits de l'Eglise,
Est-ce envain dans tes mains que sa foudre est commise?
Ta crosse à quoi sert-elle ? Hé, frappe seulement,
Tu verras à tes pieds ramper le Parlement.
Mais quand la peur saisit, tout Conseil est stérile.
Br. dans Avignon va chercher un azile.
Ah, quand le Pasteur fuit, que devient le troupeau ?
Mourir pour le sauver seroit un sort si beau.
Mais non, chacun trahit l'honneur des tabernacles.
Est-ce ainsi, juste ciel, qu'on défend tes oracles ?
La bulle n'est donc plus un ouvrage divin ?
Je lui cherche un vengeur, & je le cherche envain.
Bel. ne dit mot. Ber. recule à Vannes ,
Et d'un loup à Carnac court encenser les manes.
Du glorieux Bissi le rusé successeur
Démontre sa foiblesse, en montrant son ardeur.
Dans Meaux le vieux Pastel, scandaleux hérétique ;
Est exilé : pourquoi ? Le Prélat politique
Ecarte lâchement le coup qu'il sçait prévoir,
Et craint plus le Sénat qu'il n'aime son devoir,
Ah, lâches, décorés d'un si beau caractere,
Ignorez-vous les droits du sacré ministere ?
Faut-il vous rappeller ces célebres Pasteurs,
Dont la bulle autrefois a reçu tant d'honneurs ;
Un Lafare malgré l'autorité suprême,
Vrai lion, quelquefois blessé, toujours le même ;

Brulé dans ſes écrits, mais brulant pour la foi ;
Contre le rigoriſme en tout tems je le voi
s'armer, & le cœur plein d'une ſainte amertume ;
Le combattre avec ſoin par ſa vie & ſa plume :
Foreſta, quel héros ! Qui ſous un Roi mineur,
Interjetta ſans crainte appel au Roi majeur :
Un J... qui bravoit & Senat & Monarque ,
Pour donner de ſon zele une éclatante marque :
Un Gigault qui toujours la bulle devant lui
Dans Paris la feroit triompher aujourdhui ,
Si le démon jaloux n'eut ravi ce grand homme :
Un S. A. (la foi ſourit dès qu'on le nomme.)
Si fier contre Queſnel, ſi dévot pour la croix :
Beaufort qu'un feu ſi vif tranſportoit quelquefois,
Et tant d'autres formés au ſein de l'héroïſme ;
Formidables marteaux du fatal Janſeniſme ,
Moliniſtes profonds , qui dans ſaint Auguſtin
Voyoient à chaque trait leur ſiſtême divin ;
Jour & nuit occupés de la bulle immortelle ,
Sans goût que pour ſa gloire, & ſans yeux que pour
      elle.
Auſſi leurs noms chéris , à jamais conſacrés ,
Vivront en lettres d'or dans nos faſtes ſacrés.
Prélats tels ſont vos chefs ; C'eſt ſur leurs nobles traces
Qu'il faudroit, ſans pâlir, affronter les diſgraces.
Que riſquez-vous ? Vos biens ? Bagatelle. Le Ciel
Eſt-il trop acheté par un vil temporel ?
La liberté ? Mais quoi ! Zélé pour l'équilibre ,
Un Prélat dans les fers n'eſt-il pas toujours libre ?
Votre vie ? Hé la bulle en mérite les frais.

La gloire du martire est-elle sans attraits ?
Dissipez donc, Prélats, vos injustes allarmes.
Vous pouvez faire plus : n'avez-vous pas des armes ?
Portez-vous dans vos mains des foudres impuissans ?
Ils frappent d'autant plus qu'ils touchent moins les sens.
Vos succès sont certains ; à d'invisibles armes,
Que peut-on opposer que des vœux & des larmes ?
Maîtres du sombre abîme, ouvrez-le, à vos génoux
Ou l'ennemi se jette, ou périt devant vous.
Faites donc tout tomber sous vos glaives de flammes.
Oui, pour sauver la bulle, il faut damner les ames;
Et c'est par charité qu'on les met en enfer ;
Habiles médecins, par le feu, par le fer,
Retranchez d'un côté, vous guerirez de l'autre.
A Corinthe autrefois on vit le grand Apôtre,
Armer même Satan contre un crime commun.
Mais voyez aujourdhui que de forfaits dans un !
Cent têtes à l'erreur tombent par vos maximes ;
Ainsi les rejetter, c'est commettre cent crimes.
Armez-vous donc, Prélats, des traits du Vatican.
Frappez les criminels, livrez-les à Satan.
Mettez la France en feu, n'épargnez pas les trônes ;
Le respect à vos pieds mettra jusqu'aux couronnes.
Mais je parle à des sourds que la crainte a glacés.
Sur vos sieges brillans n'êtes-vous donc placés,
Que pour mettre au grand jour l'opprobre de l'Eglise?
On ne voit plus dans vous cette noble franchise,
Qui vous faisoit au vrai marcher avec grandeur.
Va-t-on à Dieu sans feinte ? On y va sans frayeur.
Ce n'est plus parmi vous que fraudes, qu'artifice,

Et pour vous entrainer au fonds du précipice ;
Le fordide interêt connoit plus d'un détour.
Enfin l'homme de Dieu n'eft qu'un homme de Cour.
Qu'un fidele (il le peut fur la foi d'un faint pere)
Dépofe du chrétien l'augufte caractere,
On doit lui pardonner : mais vous, chefs d'Ifraël,
Flambeaux de l'Univers, interprètes du Ciel ;
A nos yeux étonnés qu'un mafque vous déguife,
Ah fi vous fuccombez, colomnes de l'Eglife,
Nous, fragiles rofeaux, quel fera notre efpoir ?
Et l'Eglife enfeignante où pourra-t-on la voir ?
Tous d'un fi bel accord pour recevoir la bulle ,
Vous fixiez donc la foi : mais fi chacun recule,
De concert pour l'erreur , au mépris de la loi
Quel indigne foufflet vous donnez à la foi !
Que dira l'héréfie ? Ha ! Voyez, dira-t-elle,
" Sur fon facré dépôt fi l'Eglife eft fidele.
" Tous fes chefs aujourdhui divinifent des loix ;
" Et tous le lendemain pour elles font fans voix.
" Cette pluralité qui doit fervir de guide,
" A préfent pour l'erreur clairement nous décide.
" Tous fe taifent : quel cas méritent fes décrets,
" Si l'Eglife enfeignante a pour chefs des muets „?
L'hérétique eut-il tort de tenir ce langage ;
L'honneur feul doit, Prélats, foutenir votre ouvrage.
Par le vent de la Cour retournez aujourdhui,
S'il change, on vous verroit tous changer avec lui.
Sous un fouet inconftant tel eft le buis mobile
Au gré d'un vain caprice aveuglément docile,
Que fait tourner l'enfant dont il eft le jouet.

Un

Un Evêque doit-il craindre les coups de fouet?
Du confubftantiel le feul mot en attire
A cent Pontifes faints: mais l'efpoir du martire
Les foutient fous les coups, leur foi fait leur appui.
Ne s'agit-il, Prélats, que d'un mot aujourdhui?
Cent erreurs à la fois, mifes en évidence,
(Voyez comment le pûs fort avec abondance)
Succombent fous le poids d'anathêmes divers.
Ce décret qu'a figné la main de l'Univers,
Offre donc, (froidement, Prélats, peut-on l'entendre?)
De la religion tout le corps à défendre ?
Et vous, fes défenfeurs interdits, étonnés,
Sur un mot de Louis, quoi! Vous l'abandonnez.
Si dans ces triftes jours vous manquez de conftance,
Ah que des maux, grand Dieu, vont inonder la France!
Ecoutez & tremblez : je vois un monftre affreux,
(Ciel daigne détourner des malheurs fi nombreux)
Qui s'éleve, s'agite, & répand dans fa courfe
Un funefte poifon dont l'enfer eft la fource.
Quel monftre! Il fait trembler. Rigorifme eft fon nom.
Couvert des beaux déhors de la religion,
D'abord il éblouit : fon regard en impofe.
A l'entendre, le Ciel lui confiat fa caufe.
Mais faut-il en juger par le premier coup d'œil?
Sur fes pas la triftefle en longs habits de deuil,
Voyez, traine après foi la fombre pénitence.
L'Evangile à la main, la froide temperance
Contente de ce bien, me glace en s'avançant.
La plaintive oraifon près d'elle en méditant
Marche, fouvent s'élance & frappe fa poitrine.

D

Le jeune d'une main portant la discipline,
Et de l'autre une croix, se traine avec effort,
Et dans sa tête m'offre une tête de mort.
Un voile sur les yeux, voulant être inconnue,
L'humilité se cache, & s'échape à ma vue.
En lugubre appareil, couvert d'un crêpe noir,
Tristement précédé de l'austere devoir,
L'œil noyé dans les pleurs, la douleur sur la face,
Un pécheur converti suit en demandant grace.
Et pour fermer enfin ce cortege effrayant,
L'œil en feu, fer en main, marche d'un air bruyant.
La persécution, Eumenide farouche,
Qui respire le sang, le vomit par la bouche,
En fait couler des flots... Ah Ciel! Ah chers Prélats,
Hâtez-vous; de la bulle, armés, armés vos bras;
Avec elle chassez l'odieux rigorisme.
Ennemi déclaré du riant Pichonisme,
Il va tout désoler : Bachus perd ses Autels,
L'amour ses rendez-vous, Momus fuit les mortels.
Il faudra désormais combattre la nature.
Prélats. Peut-on ne pas aimer la créature?
Vous le sçavez. Déja je vois en long manteau
Le visage ombragé d'un immense chapeau.
La severe reforme, & qui d'un ton d'oracle
Défend rouge, panier, frisures, bal, spectacle.
Plus de ris, plus de jeux, théâtres, opéras,
Vous tombez. Ah que vois-je! Accourez, chers Prélats.

Ridiculum acri

Fortius ac melius magnas plerumque secat res.

F I N.

POST SCRIPTUM.

QUELLE horreur , diront certains Lecteurs fcru-
puleux , quel fcandale ! De tels Ecrits font-ils
donc l'ouvrage de la charité ? La vérité pour fe défendre a-t-elle recours aux perfonnalités ? Attendez ,
cher Lecteur , la confcience parle fouvent fans réflex-
ion. Sa délicateffe occafionne quelquefois des erreurs. L'horreur même du mal peut faire tort au dif-
cernement. Sem fit bien de jetter un manteau fur
Noé. Mais Jofeph fit-il mal en dévoilant la honte de
fes freres ? Médire eft fans doute un crime. Dire du
mal n'en eft pas toujours un. Toute calomnie eft pu-
niffable : mais toute raillerie ne l'eft pas. La premiere
des ironies n'eft-elle pas fortie de la bouche de Dieu
même ? La charité incarnée a-t-elle épargné les Héro-
des? Que des traits lancés par le plus doux des hommes contre les Princes des Prêtres ! Les Auguftin , les
Jerôme , les Grégoire , les Hilaire n'avoient-ils pas
une confcience délicate ? Et cependant quelle vivaci-
té dans les apoftrophes ironiques dont leurs ouvrages
font femés ? Il eft des plaies , qui ne demandent pour
être guéries que de l'huile & du beaume. Il en eft
d'autres qui ne peuvent l'être que par le fer & le feu.
N'eft-il pas étrange qu'après la foule d'Ecrits triom-
phans produits contre la Bulle , on s'opiniâtre aveu-

glément pour fa défenfe. Et doit-on autre chofe que des railleries à qui prétend que la lueur d'une lampe l'emporte fur l'éclat du foleil ? Si les Evêques n'ont pas lu ces ouvrages, leur pareffeufe indifférence ne doit-elle pas faire horreur & pitié ? Sur quels fronts fera-t-il permis de jetter de la confufion, fi c'eft un devoir de la leur épargner ? S'ils les ont lus, que n'en détruifent-ils les raifons par des plus fortes ? Pourquoi toujours fe retrancher dans un principe dont la fauffeté leur a toujours été démontrée. Leur érudition méchanique fe réduit toujours à répéter que la Bulle eft un jugement doctrinal, loi de l'Eglife & de l'Etat. Si l'on rendoit un principe vrai en le répétant, celui - ci feroit de la plus grande certitude. Mais ce font des preuves qu'il faut, & non des redites. Si l'on nous renvoie aux ouvrages de Meffieurs Languet & Biffi, c'eft nous dire, ou qu'on n'a pas lu ceux de leurs Adverfaires, pareffe impardonnable ; ou qu'on les a trouvés moins folides, aveuglement funefte affez combattu pour ne plus mériter que des railleries.

Mais la raillerie, dira-t-on, doit être referrée dans certaines bornes. D'accord, 1°. Elle ne doit pas dévoiler des vices fecrets. Auffi dans quel coin du Royaume ignoroit-on avant cette Epitre des traits dont les Gazettes même inftruifent les plus indifférens. 2°. Elle ne doit tomber que fur un ridicule réel. Mais le ridicule ne perce-t-il pas à travers le perfonnage que veulent jouer certains Evêques ? L'air de

religion qu'ils voudroient prendre ne grimace-t-il pas
ſur leurs viſages ? Les Oppoſans , diſent-ils , ſont des
pécheurs publics. Et le public demande tous les jours
quel eſt leur crime. Quoi de plus ridicule que de
mettre en dépit du bon ſens dans la claſſe des Comé-
diens , des Uſuriers , & des Adulteres connus pour
tels , des hommes que l'on connoit pour les Citoyens
les plus ſages , les Sujets les plus fideles , & les Chrétiens les plus édifians ? Quoi de plus ridicule que d'é-
xiger des ſermens ſans en ſpécifier l'objet , de crier
à l'hérétique ſans montrer d'héréſie , de jouer le mar-
tir dans le ſein des plaiſirs ? Quel travers inouï d'of-
frir les ſaints miſteres au Déiſte qui les mépriſe , & de
les refuſer au Catholique qui les déſire ? Ceci paſſe la
raillerie. Ce contraſte indigne. Et quand l'indignation s'en tient à la raillerie , ne devroit-on pas lui
ſçavoir gré de ſa modération ?

3°. La raillerie doit reſpecter les caracteres , & mé-
nager les dignités. A Dieu ne plaiſe qu'on veuille
inſpirer du mépris pour l'Epiſcopat. Ce n'eſt pas dans
les Ambroiſes ſeuls qu'on honore le ſaint caractere.
Les moins dignes de le porter ne le rendront jamais
vil à nos yeux. Et n'eſt-ce pas montrer du zele pour
ſa gloire que d'en venger l'honneur outragé ? Avec
quel reſpect on ſe proſterneroit aux pieds de ces mê-
mes Evêques que l'on cenſure , ſi l'Evêque ſe mon-
troit ſeul dans leurs perſonnes ? Que Monſieur de
Beaumont change , n'aura-t-il pas à craindre d'être
trop chéri , trop reſpecté dans une Ville où l'on ne

parle de fon aveuglement que pour le plaindre , &
de fes fautes qu'en les excufant. Si l'expreffion, cher
Lecteur , vous a paru quelquefois trop dure, ou la
raillerie trop piquante , au moment que le refpect l'ar-
rêtoit , elle échappoit à l'indignation. Nous gémif-
fions les premiers de la voir juftifiée par la vérité.
Plut à Dieu qu'on pût nous convaincre de calomnie ;
le jour de l'amende honorable feroit pour nous un
jour de Fête.

4º. La raillerie doit fe propofer un effet falutaire.
On ne s'en promet aucun d'un ouvrage fi peu refféchi,
dont un inftant a fourni l'idée , qu'un travail de trois
jours a fi mal remplie.On ne s'attend pas à voir éclorre
de cette lecture aucun heureux changement. L'ironie
eft moins faite pour défendre la vérité , ou pour ga-
gner fes Adverfaires que pour les défarmer. Quel eft
le Jéfuite que les Provinciales ont converti ? Cependant , fi l'efpérance d'être utile étoit mal fondée , on
n'en avoit pas moins l'intention de l'être. L'aiguillon
qu'on emploie peut ne pas toujours paroître celui de
la charité , & cependant l'avoir toujours été. Quel autre but pourroit-on avoir en raillant les Evêques fur
leurs efforts en faveur de la Bulle , que de les dégoû-
ter d'une piece qui ne fait que du mal , leur enlever
la chimere qui les occupe pour tourner leurs vues
fur des maux plus dignes de leur attention. La Dé-
claration du Roi n'eft-elle pas le chef-d'œuvre d'une
fage politique qui tend à concilier tous les interêts ,
qui ménage l'amour propre des Evêques en leur
fauvant le défagrément d'une rétractation , & facilite

leur retour au vrai, en rendant leur changement aux yeux des peuples le fruit infenfible d'une légitime obeiffance ? Qu'ils fe taifent fur un phantôme d'héréfie qui n'a d'être que dans leur imagination, & qu'ils ouvrent les yeux fur les monftres réels dont les ravages de leur Diocèfe ne prouvent que trop l'exiftence. Ignorance dans les campagnes, corruption dans les villes, relâchement dans la morale, profanation des chofes faintes, décadence dans les études, libertinage d'efprit, affoibliffement dans la foi, extinction de la charité, mépris des loix de Dieu & de l'Eglife ; voila les objets qu'on voudroit fubftituer aux chimériques erreurs contre lefquelles les Prélats exercent depuis tant d'années un zele d'autant plus ridicule, qu'on leur crie de tous côtés qu'elles n'ont point de partifans. Heureufe fans doute la raillerie, qui les faifant enfin rougir de leurs injuftes préventions, les rameneroit au vrai bien de leurs Diocèfes, & d'où réfulteroit la paix de l'Eglife, le calme de l'Etat, & la gloire du nom du Seigneur. *Imple facies eorum ignominiâ, & quærent nomen tuum, Domine.*

www.ingramcontent.com/pod-product-compliance
Lightning Source LLC
LaVergne TN
LVHW051123060726
842526LV00006B/1882